시님이 무신 죄가 있겠노

淸安하세요

_____ 님께

_____ 드림

시님이 무신 최가 있겠노

혜인 Hae In

진리의 향연에 귀착되기를

덕숭총림방장德崇叢林方丈 덕숭산인 설정雪靖

해인의 시는 출가사문이 관찰한 진제眞諦와 속제俗諦
의 차이에서 오는 고뇌로, 그 탈출을 향한 다짐이기
도 하다.

  눈멀고 귀멀고 벙어리 되어
  죽어서, 비로소 다시 살아나는
  모질어서 아름다운 여자들
  _「천기누설」에서

  한국사회는 지난 세기 동안 계속해서 큰 곡절을
겪으면서 변화와 발전을 해왔다. 남녀평등을 부르짖
어 인격이 향상된 것도 사실이지만, 아직도 많은 여
성들이 차별의 시련을 당하고 있는 현실이다.

  그대 품에 안겨

눈물 그칠 수 있다면

겨우 흙이나 떠주는 사람만 되어도

저는, 행복합니다

_「애련설愛蓮說」에서

이 시는 처염상정處染常淨의 피안彼岸에 도달하려
는 염원이리라.

해인은 승속僧俗을 넘나드는 장르에서, 모든 생명
이 평등 속에 무한한 진리의 향연에 귀착되기를 서
원한다.

봄의 수심 금할 길 없어 남쪽 문을 여니

아름다운 절기도 빨라서 이미 늦어지려 하네

비 개인 후에 산천을 바라보니

지는 꽃과 아름다운 풀이 눈에 가득하여라.

_덕숭산인 설정

먼저 존재계의 모든 거룩한 분들께 예경 드립니다.

폐허가 있어 보이는 내 얼굴이 좋습니다.

죽을 듯이 써 내려간 원고지들
근성이 감내하지 못할까
머뭇거릴 줄 아는 사람은 아름답다 했는데
감히 첫 시집을 출간하게 되었습니다.

시詩에 때 묻히지 않고
순정을 다 바치겠습니다.

말씀의 사원로 보리수 아래 400번지
아름다운 서재에서 해인海印 합장

서시

죄 罪

시님이 무신 죄가 있겠노
그릇이 커서 그라제

예부터 모든 그릇은
제 그릇의 길로 갑니다

제2부 다시 모란이 피기까지는

제3부 익숙한 것은 유목민 게르에는 없다

제4부 김밥 천국

제1부

입산전야

慈 觀

탐심 貪心

오늘 내일 하는 할아버지
가늘게 담배 연기를 피워 올린다

언제쯤 탐심이 다 끊어지겠습니까?
담뱃재를 떨면서

재가 될 때까지, 내가 재가 될 때까지

입산전야入山前夜

Ⅰ
내 몫의 풍파를
함께 견디어 낸
이름 없는 풀꽃들이여

광목으로 지난날의 나를 고이 싸서
밤기차를 탄다

Ⅱ
갓바위
약사유리광여래불전에
돌부처 한 분 모셔 놓고
작별을 고한다

어머니 참회합니다
평생에 죄 하나 짓습니다
석가족이 되고 싶었어요
부디 용서하소서

Ⅲ

대구는 비안개에 젖고

팔공산은 구름에 흐르고

내 몸은 환하게 천둥과 벼락이 치고 있었다

인간 못된 놈이 중이라고?

저울에 내 몸무게를 달아 본다
자로 내 키를 재어 본다
주판으로 내 셈속을 굴려 보지만

견적이 안 나온다
다만 불쾌해질 뿐

미친 듯 성한 듯
내 삶은 언제나 오리무중

공양

-청정 유연 여법 삼덕三德을 갖춘 음식

사문은 밥을 빌고

중생은 법을 빌어

서로 이바지하여 목숨을 기른다

먹고 싶은 것들의 기나긴 목록

끼니때마다 목구멍의 깊이를 가늠하기가 어렵다

욕망의 융단 폭격, 몸뚱이가 무너진다

저 언덕 위에

밥의 성채가 아득하다

애련설愛蓮說

I
깨침 향해 나아가는 오솔길에
손잡아 이끌어 주시는
당신의 참사랑

땅만큼 처절할 수 있음은
하늘만큼 초연하신 그대 향한
가없는 신뢰 덕분이니

II
귀종선사께서 백거이에게
애타는 심정으로
"자네, 겨우 흙이나 떠주는 사람아"

미움으로 아프지 않고 사랑으로 아팠던
아, 까무라친 영혼

그대 품에 안겨

눈물 그칠 수 있다면
겨우 흙이나 떠주는 사람만 되어도
저는, 행복합니다

차 한 모금의 명상

소리 아는 이 만나지 못해
한평생 사람은 이다지 외로운 것인가

쑥부쟁이꽃 서른 번도 넘게 필 동안
팔만 사천 번뇌 노을에 젖어든다

일천 가지 옷 다 버리고
마지막 걸친 옷 한 벌이

천금으로 무겁다

홍련암

우—우—쏴—쏴—
바람소리, 내 속 썩는 소리

벼랑 가득 무성한 해당화가 피우는
금강의 불꽃

수정 염주 반짝이는 바닷가
천지를 뒤덮는 금빛 옷자락

그대가 보고 싶어 오늘도 나는 죽소

도반은 영혼의 옷이다

-부처님께서 도를 성취하려면 스승, 도반, 도량이 구족해야
 한다고 후학들에게 전하셨다.

Ⅰ

타고난 운수의 욕구 때문에

한 번 헤어지고 나면

누구나 천애의 고아

도반의 울음이나 웃음은 내게는 매한가지

순정의 눈물

군중이 돌을 던졌을 때 웃던 자

스승이 꽃을 던졌을 때 울었다

Ⅱ

자기 색깔을 주체하지 못해

광기어린 눈빛으로 서로 바라볼 때

나는 언제나 반쯤 미친다

봄볕처럼 반기다가

북풍처럼 해대다가
우리는 서로 돌아선다

십리는커녕, 열 걸음도 못 가
공양은 제때 드시고
공부하라, 하시라 당부한다

Ⅲ
돌아보니 애말라 입술이 터졌다
순정에 때 묻히면 지옥인들 받아줄까

도반은 두터운 영혼의 옷이다

부처님과 마구니

법왕 곁에는 마왕이 도사리고 있는가?
부처님 오신날에도 마구니는 태어난다

천지가 깨달음의 한 가람인데
마음 감옥에 수감된 나, 죄인은
초파일 특사로 석방될 기미조차 없다

십 리를 가도
참 불자 한 사람
만나기 어려운 이 사막 세상

텅 빈 덕숭산
인적 없는 수덕사에
저승 밝히는 연등만 찬란하다

벽관 바라문

맴맴 스르륵 맴맴
한낮 느티나무에서
매미가 울고 있다

쨍쨍한 햇빛보다
더 뜨거운 울음을

칠 년간 면벽수도
칠 일간의 만행卍行이
울음으로 터진다

맴맴 스르륵 맴맴

유성출가상

목소리 붉어진 하늘
멸망하는 아름다움

때론 인내란
가슴 가장자리에 자리한
새파랗게 질린 겁쟁이

안으로 안으로
침투되어 오는
생각의 감옥에 갇힌 그대

미셸 푸코*처럼 감옥 밖에 있다고
안심하고 있는가

착각하지 마라
석가모니 성城을 넘어야
찬란한 지옥에서 벗어나
자유를 누릴 수 있는 것을

* 미셸 푸코(Michel Paul Foucault, 1926~1984)는 『감시와 처벌』에
서 '감옥이란 밖에 있는 사람이 갇히지 않았다는 착각을 하게
하는 것'이라고 말했다.

얼음꽃을 보아라

Ⅰ

철도원의 마음은

기차가 되고

과학자의 마음은

떨어지는 사과가 된다

사문의 마음은

늘 타고 남은 재가 되어야 하느니

Ⅱ

마음 가운데 성냄과 욕심, 어리석은 애착 없도록

천만 번 얼음꽃 피워야

먼 하늘 새벽별 보리니

섬

팔만 사천 번뇌 떠내려간다
졸며 앓으며
좌복 위에서

평생 공부는
죽 떠먹은 자리
흔적 없지만

어떤 이는 죽 쑤어서 개 준다지만
그래도 죽 쑤어서 내가 먹는 일
무량한 기도 덕분인가

부처님 공덕 바다에
섬이 된 토굴 하나
노 저어 간다

봄소식

방망이를 휘둘지 않으면
어느 천년에 잠에서 깨겠는가

신선이 다시 제후를 꿈꾸다니

겨울 산 눈 녹인 물소리가
잠든 봄을 깨운다

허물 벗고 나간 놈이 진짜다

진짜는 눈물투성이

얼마나 울었기에
오장육부가 다 녹았느냐

허락된 고통을 도와주는 것은
자비가 아닌
무지이리니

자신의 힘으로 허물을 벗은
매미만 푸른 하늘 날 수 있나니

제2부

다시

모란이

피기까지는

열무를 다듬다가

몸짱인 열무 한 단
매운 비바람 속에서도
부시도록 닦고 닦은 몸매

몸꽝인 열무들이
목숨의 빈틈을 메우고 있다
숨죽이고 뒷줄에 서성거리며

앞줄에 나서지 말고
그저, 세상 틈새나
메우며 살기를 바라는

나, 그런 자식은 아니었을까
그런 제자는 또 아니었을까
속눈물 그렁그렁한 열무김치 한 사발

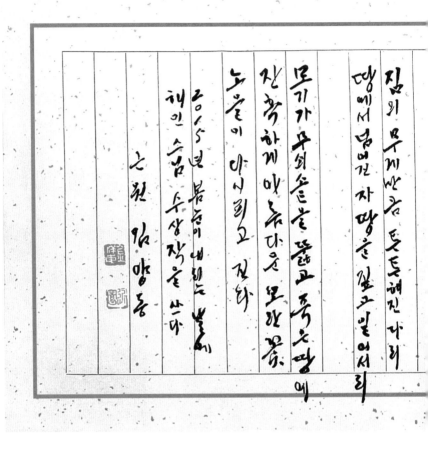

짐의 무게만큼 튼튼해진 다리
땅에서 넘어진 자
땅을 짚고 일어서리니

모기가 무쇠 솥을 뚫고 죽은 땅에
잔혹하게 아름다운 모란꽃
노을이 다시 피고진다

40

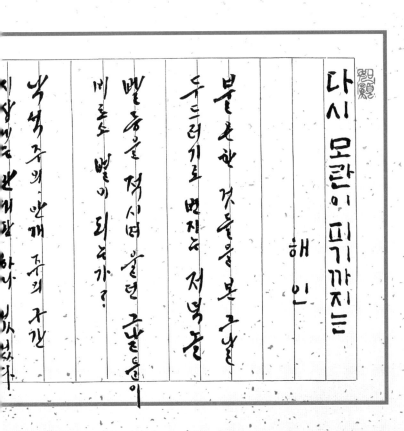

다시 모란이 피기까지는

불온한 것들을 본 그날
두드러기로 번지는 저녁놀

발등을 적시며 울던 그날들이
비로소 별이 되는가?

낙석주의, 안개주의 구간
지상에는 안내판 하나 없었다.
지구는 낙하중

나 홀로 공양 시간

적막강산에서
밥 한 숟가락 떠 넣는다

국민연금보험공단에서 지정한
나는 독거노인

배는 촐촐해도 등은 따습다고
애써 우기면서

고비사막도 아닌데 모래가 씹힌다
밥보다 더 많이 먹고 살아온 모래

이 풍진 세상에서

헛소문

뭐, 미친 사람을 원수까지 삼겠는가?

되돌아보니

I
억수로 운수가 사나우면
비행기 안에서도 뱀에게 물릴 수 있다던가
세상 이치 스물다섯 고개 넘어
겨우 깨닫기 시작했다

매도 먼저 맞으면
속이 다 후련하다는 것을
불혹의 나이 들어 깨달았더니

II
환갑 한 바퀴 돌아
지난날 되돌아보니
살아온 모든 순간들이 다 행운이었다

폐허의 유적을 다시 만나다

서투른 표정
어눌한 말씨
차 한 잔도 내 몫이 아닐까 머뭇거리며

굵어진 손마디
군데군데 망가진
폐허가 있는 얼굴
맹세코 아름답진 않지만
하, 슬퍼서 너무 기뻐서 거룩하다 하리

재주가 없으니
죄 지은 것 또한 많지 않으리니
아, 나는 천만다행이다

애련愛戀의 경전

숨어서 숨쉬는
냉각된 에너지

에로틱한 언어는
잊은 지 오래지만

천 번의 키스보다 더 뜨거운
단 한 번의 눈길만으로

그대여
영혼은 수십만 볼트 충전되지 않는가

안개꽃 애가哀歌

핏방울 하나로도
가슴 꽉 채우고
울음소리 하나 없는 밤을
온몸으로 태운다

잠재워도 잠재워도
솟
구
치
는
생의 절정을 향한 꿈

다가갈 수는 있어도
도달할 수는 없는
안개꽃, 살 떨리는 춤사위

아프리카·나무·전설

나무를 쓰러뜨릴 때
완전 범죄를 저지른다

아프리카 한 부족은
사흘 밤낮으로 소리를 지르면
나무는 그만 혼이 빠져서 자살을 한다

나쁜 남자보다 더 치명적인
못난 남자들의 고문인가, 저질의

폭우 퍼붓는 사랑의 말에
여자는 한 그루 아프리카 나무
여래를 등지고 실신失神한다

감정에 복종하고 자신을 기만한 죄
참회하소서
피가 거꾸로 솟을 때까지

약령시 藥令市
– 운지당한의원 옛터에서

Ⅰ
자신의 성질을 죽이고 살리면서
서로를 받들어 모셔
비로소 약으로 태어나는 곳

약이 되고 독이 된 사연들
칸칸마다 일목요연 정리되어 있는
저, 오동나무 약장들

Ⅱ
약을 달이는 심정으로 키운 딸자식
양반집 자식이니
'조심해서 살거라'

허리 질끈 동여맨
어머니, 목이 메인 어머니

봉함된 시간의 유적지
보현사에 오면 나는
세상의 真骨이 된다
계사년 꽃피는날 海印짓고
수덕사 법찬쓰다

봉함된 시간의 유적지
보현사에 오면 나는
이승의 진골眞骨이 된다

시간의 유적지

반월당 보현사

벽마다 기둥마다

온통 환하게 웃는

가족사진이 걸려 있다

할아버지, 할머니

아버지, 어머니

그리고 고모, 삼촌들

내 생의 알리바이가

새겨져 있는 곳

영혼의 본적지

시간의 유적지

반월당 보현사에서 海印

벽마다 기둥마다

온통 환하게 웃는

가족사진이 걸려있다

할아버지 할머니

아버지 어머니

그리고 고모 삼촌들

내 생의 알리바이가

새겨져있는곳

어머니 감옥

네 안에 너를 멸망시킬 태풍이 있는가?[*]

단순무식, 횡포 같은 사랑
숨 막히게 살아왔지만

어머니 감옥으로부터
한 발짝도 나오지 못한다

[*]니체(Friedrich Wilhelm Nietzsche)의 말

오체투지

대추가 우르르 쏟아진다
버스가 급정거하자
시커먼 비닐봉지에서

할머니 오체투지로 납작 엎드려
한 알 한 알 주워 담는다
차 바닥을 기어 다니면서

희망은 있어도 가망이 없던
날마다 밤마다
열 손가락 다 아팠던
땡볕 같은 시절

생떼 자식을 위해서라면
품위 따위는 검불에 불과했던
어머니의 파란만장

구름 나그네

강물을 거슬러 오르는
연어 떼

남루한 누더기 몸
어두운 길 골라서 걸어온

나는
나는, 맨몸의 승부사

슬픈 틈새

Ⅰ
천년의 관습에 질문을 던지고
천년의 확신을 깨뜨린다

명주실 같은 균열이 시작되고
바늘구멍만큼 생의 틈이 벌어진다
그,
리,
고,
마침내 너와 나 사이에 간격이 생겼다

Ⅱ
슬픈 틈새를 비집고
생철을 씹는 마디마디

비로소 정좌하고 앉는
인동초
그 여자

겨울 초상

벽을 문인 양 밀어붙이면서
청춘을 다 흘려보내고

잠결에 남의 다리 몇 번씩 긁기도 하다가
몇 번인가 뒤집힌 내 밥그릇

앞만 보고 달리다가 더러는
뒤통수 얻어맞은 날은 또 얼마인가?

수천 개의 화살 꽂힌
상처 입은 짐승으로

겨울 내내 나는 웅크리고 있다

빨간 구두를 찾아서

나이 60
이곳저곳 기웃거린다

뒤돌아보고 싶지 않는
생각하고 싶지 않는
마디마디 시린 세월

길고 긴 축제는
왕사성 가는 길의 한 이정표였음을

철없는 나이 60에 깨닫는다

봉선화

애잔하게 부르시던
어머니 18번 노래

까칠한 성격
살짝만 건드려도
톡톡 터트리시더니

환갑 겨우 지나
서둘러 가셨다

제발, 저승에서는
좀 느긋해지셨으면
화르르 태우지 마시고

흙의 사상

예쁜 씨앗 못난 씨앗
삐뚤어진 씨앗

마음 졸이며
뜨거운 가슴으로 다 품어 안아

다목다목 새싹을 틔워
연둣빛 말씀으로 파릇파릇 키워

바람에 실어 보낸다
메마른 들판으로, 저 티끌세상으로

여자를 위한 랩소디

누군가의 딸로 태어나고
아내로 늙고 병들다가
어머니로 죽어간다

부처로 태어나지만
마침내 부처를 죽여야 산다

집착은 고통을 낳는 수레바퀴
끝없는 고통의 원인이기에

제3부

익숙한 것은

유목민

게르에는 없다

자야게스트 하우스

누구의 명으로
너 국신이 되었는가, 칭기즈칸
목숨을 내어 놓고 사랑한 여인들의
원혼이 떠도는 울란바토르 하늘

개와 늑대를 분간할 수 없는
저녁 으스름

황량한 도시 위로
사랑의 어혈인 양 비가 내리고
힘겹게 자본주의를 배우는
지친 사람의 눈망울들이 미라처럼 지나간다

목이 메인 밥상
마음 시린 저녁이다

몽골 아가씨를 위한 파반느

I

맨주먹 붉은 피로
백조의 날개를 달고 싶다
저, 감자 캐는 몽골 아가씨

마음만은 사방으로 뻗어간다
소금기에 절은
옷자락 부여잡고

감자 자루 쌓여갈수록
꿈은 쌓여만 가고

II

별빛을 우러러보던
순한 눈빛은
어느새 울란바토르
네온 불빛에 닿아 있다

불빛의 함정에

오래 머물지 않기를

다시 별빛을 바라볼 때

맑고 밝고 높은 눈빛이기를

익숙한 것은 유목민 게르에는 없다

Ⅰ

푸른 이리와 황색 암사슴의 후예
황혼이 내리는 초원
안주를 허락하지 않는 땅

유목민은 따로 양을 세지 않는다
어차피 늑대가 먹고 남긴 것이 내 양이다
조상들은 밤마다 격렬하게 사랑했다
납치당하기 전까지만 내 아내인 여자를

Ⅱ

쉽게 잊지 않으면 마음에 짐이 될까
바람에 날려가는 모래 먼지처럼
하루하루를 날려 보낸다

Ⅲ

자신의 것 외에는
아무것도 짊어지지 않고 놓아 버리는

IV

별빛도 얼어버린 몽케 텡그리*

칼을 품고 살면 외롭지 않는가

지평선 같은 아득함을 살고 있는 유목민

*몽케 텡그리Mongke Tengri: 영원한 하늘

한인 식당 차림표

울면 안 됩니다
쫄면 더 안 됩니다
냉면만 됩니다

눈물 소금 머금고 있는
주인 부부의 기도문
천만번의 맹세

울면서 쫄면서 먹는
오싹 냉면 한 그릇

몰래 키워온 고향의 봄
복숭아꽃 살구꽃 동토를 녹인다

자카르타의 봄날은 간다
- 열일곱 살에 가정부 시작한 야니

십년 동안 월급으로 친정 남동생들 공부시키고
가불해서 자신도 결혼식 올렸더니

지금은 시동생들 공부 시키느라
일주일에 한 번 외출하는 수요일의 아내

춘풍 하늘 지아비 기다렸건만
남편은 날마다 신처럼 냉담하다

자카르타 야니의 잠 못 드는 가을 밤

고비 여인

I
죽어도 딴 맘 먹을 리 없다
평생 모래밖에 본 적이 없기에

바람 때문에 눈도 가늘게 뜨고
노새와 사람들 모두 형님 동생 한다

웃을 땐 여우 새끼조차
죄 없어 보인다

II
하늘 아래 주인이 따로 있더냐

사랑은 짐이다
아예, 짐 지지 말아라

할머니께서 그랬던 것처럼
다시 어머니 말씀하신다

물의 명령에 따라 사랑하고

미련 없이 헤어지는 고비 여인

신들의 침묵

무심히 눈 마주치지 않는
저 도도한 여자

가을비에 젖는
검은 수도복

바람을 잠재우며
정지된 삶을 연주한다

벙어리가 꾼 꿈인가
자카르타는 신들의 침묵으로 흐느낀다

제4부

김밥 천국

성 평등

균형을 잡는 위태로운 몸짓
잠시 우주가 흔들린다

참고 기다려야
앉고 설 자리가 보인다

평등은 극명하다

남자가 생수통을 들고 오면
여자가 커피를 타주는 것

천기누설

눈멀고 귀멀고 벙어리 되어
죽어서, 비로소 다시 살아나는
모질어서 아름다운 여자들

한 사람의 인연에 지옥이 삼천 개
한을 풀고 사랑을 품어
불꽃처럼 걸어갔던 여자들

남자보다 잘났다는 사실은
쉿!
절·대·비·밀

자재천마

오직 남편에 의해서만
꿈을 이룰 수 있기에
때로는 차원있게
때로는 처절하게
때로는 살벌하게
"여보 여보"
부르는 소리 다정해서 더 무섭다

남편의 주름을 외면한 채
아내의 탐욕은 높아만 가고
오만한 자기 환영은
독버섯처럼 피어난다

인생의 절반을 자재천마의
속임수에 팔아버린 남자여
그대가 사랑이라고 생각하는 것은
포장된 욕망이다
악마 파순의 삼매에서 깨어나라

무소의 뿔

세상 모든 딸들의 이름은 모두 처절하다. 딸들의 이름은 아들 낳기 위한 주문이다. 딸로 태어나면 남동생에게 명당 터를 팔아야 한다는 역사적 사명을 갖게 된다. 사람은 명함의 뒷면에 자리한다고 외쳐대도 이름은 일차적 소통이다. 개명은 자기계발의 꿈이다.

사랑 받느라 헐거운 세월을 보낸 허약한 아들들. 딸들은 그 잘난 아들을 위한 돌격 부대 역할에 충실했건만, 정의롭지 못한 세상사 사랑의 규칙을 알아버린 딸들의 삶은 비장하다.

현실은 막차를 타고 다 떠나갔는데도 마음만은 떠나지 못하고 꿈속에서 서성인다. 고향집 고비사막에 호박을 심어 수확할 만큼 단단해진 세상의 딸들. 단하나의 묘비명도 없이 무소의 뿔처럼 홀로 간다.

육이오, 그날

까치 울음소리에
누마루 어머니
까치걸음으로 종종종

야들이 올랑가
참말로 기다리는 야들이 올랑가

아들 셋이
전쟁 나가 죽은 지도
길고도 짧은 육십 년

중환자실

그 누가 알겠는가
중환자실의 밤을

내일이 먼저 올지
내생이 먼저 부닥쳐 올지

우수雨水 뒤 빙하기에
초조가 저 혼자 서성거리고 있다

죽음인가, 죽임인가?

-노인 요양병원에서 만난 할아버지

I

아들에게 재산을 몰수당하고

손자와 거리는 지척이 천리라
졸지에 불가촉천민이 된다

II

생존과 생활의 의미는 너무도 달라
서로 닮아 있지도 않아
점점 좁아지는 어깨

변재천녀의 입술을 지닌
며느리의 냉혹한 친절

감정을 착취당한
며느리살이 십년의 진공상태

끝내 침묵하신 올드보이

붉은 넋

-허리춤에 차고 다니면 마땅히 아들을 낳는다 하여
　의남초宜男草라 불리던, 원추리 꽃

Ⅰ

여름 내내 꽃모가지 비틀면서
잘못도 없이 용서를 빌고 빈다, 저 아낙

아들 낳아 천하를 얻은 기분도
소낙비로 지나가고

Ⅱ

일 년 삼백 예순 닷새
눈물 없이 잠든 날은 얼마일까

고립무원 일기장
오늘도 바람이 거세다

그래도 대를 이었다고 만족했지만
그 잘난 아들은
어머니 기일에도 소식이 없다

오! 피에타

얻은 것은 족쇄뿐이요, 잃은 것은 전 세계다. 프롤레타리아인 그 여자.

정자와 난자, 자궁까지도 상품이 되는 야만적인 자본만능 세상. 피아니스트로 등극하기 위해 팔 수 있는 것은 모조리 다 팔아치운다. 금지선을 지워버린 여자는 세계 속으로 질주한다.

분노의 바다에 멍든, 고등어 등짝처럼 시퍼런 자본의 드레스 자락 너울거린다. 음표마다 값을 매기는 가격표가 시도 때도 없이 흔들린다.

진짜를 은닉하고 사랑을 조롱한 비릿한 영혼의 절규.

블루 자스민

Ⅰ. 거울을 보느라

정지된 엘리베이터
왕자가 와서 키스할까 봐
걸린 불면증

방황하는 욕망의 다이너마이트
게딱지 집에서 고래 등 꿈을 꾼다

Ⅱ. 사생결단 전쟁터에서

새로 장만한 얼굴
20세기 한국의 마지막 천민 집단인가

에르메스 버킨백과 진저백의
거리는 십만 팔천 리쯤 될까
화려하지만 밑그림이 얼룩으로 남아 있다

직녀가 아닐진대 어찌 견우를 만나랴

결혼은 미친 짓이다

세상 모든 남자들은 너의 선악과善惡果
너 자신이 스스로를 유배시킨다

파뿌리 될 때까지 고작해야
유통기한 백년인데
멀쩡한 자유인이 왜
백년이나 노예계약 하는가

독한 선서에 자필 서명 하고도
웃고 있는 저 넋 잃은 여자

탱고

남자들의 가둬놓기와
여자들의 풀려나기 사이
터지는 팽팽한 긴장감

지상에서 가장 짧은
삼분간의 불꽃 연애

돌나물

십리 밖 흙냄새를 끌어와
바위 틈서리에서
마디마디 뿌리 내린다

화탕지옥과 한랭지옥을
오가며 피워내는 별꽃
저, 난처한 광물성의 아름다움

새콤, 달콤, 쌉싸름한
육바라밀 돌꽃 뼈의 향기

박꽃 연가

깨진 시멘트 담장 사이로
수줍게 고개 내민
무명의 숨결이여

하얀 달빛 염주 굴리며
무너져 가는 양철 지붕 아래서

흐느끼는
어느 이름 모를
소녀가장을 위해 기도하시는가

김밥 천국

절벽 위의 자투리 땅 한 뼘
거기 빛나는 천국의 길이 있다

배곯아 본 사람은 안다
김밥 한 줄
그것이 천국의 길이 된다는 것을

清淨

연둣빛 언어와 얼음꽃

동국대교수·문학평론가 장영우

해인의 첫 시집 『시님이 무신 죄가 있겠노』에는 여성의 질곡적 삶에 관한 작품이 상당수를 차지한다. 그가 출가자임에도 불구하고 여성의 현실에 큰 관심을 보이는 것은, 아직 우리 사회에서 여성이 소수자에 속하며 여러 구속에 억압당하고 있다는 사실을 뜻한다. 물론 요즘 여성은 한 세대 전과 비교할 수 없을 정도로 자유로운 환경에서 자아성취를 도모하고 있지만, 오랜 가부장제의 유습 때문에 고통을 당하는 여성도 적지 않다. 젊은 여성은 과감하게 사회적 제도나 편견에 맞서 싸우지만, 인종忍從을 미덕이라 여기는 구세대 여성들은 그렇지 못하다. 여성의 자유를 억압하는 근본적인 조건을 해인은 결혼, 또는 '어머니'란 기표(記標, signifiánt) 속에 감추어진 음험한 남성주의적 편견이라 생각하는 듯하다. 그에게 이 땅의 어머니는 "여름 내내 꽃모가지 비틀

면서/ 잘못도 없이 용서를 빌"면서 "일 년 삼백 예순
닷새/ 눈물 없이 잠든 날"(「붉은 넋」)이 단 하루도 없
으며, "생떼 자식을 위해서라면/ 품위 따위는 검불에
불과"(「오체투지」)한 삶을 살아온 슬픈 존재로 인식
된다. 하지만 그렇게 키운 "잘난 아들은/ 어머니 기
일에도 소식이 없"(「붉은 넋」)다. 자식, 특히 아들을
위해 자신을 희생한 어머니가 초라하게 늙어 죽거나
잊혀가는 것은 전적으로 가부장제 사회에서 오랫동
안 강요된 여성성 또는 모성母性에 대한 그릇된 인식
에서 비롯된 것이다. 해인이 어머니란 아름다운 언
어와 관념을 '감옥'이라 여기는 것도 그 때문이다.

　　단순무식, 횡포 같은 사랑
　　숨 막히게 살아왔지만

　　어머니 감옥으로부터
　　한 발짝도 나오지 못한다.
　　_「어머니 감옥」에서

　　남성중심주의 사회에서 여성의 일생은 "누군가의
딸로 태어나고/ 아내로 늙고 병들다가/ 어머니로 죽
어"(「여자를 위한 랩소디」)가는 것으로 요약된다. 그

런 점에서 "세상 모든 딸들의 이름은 처절하다." 왜
냐하면 "딸들의 이름은 아들 낳기 위한 주문"(「무소
의 뿔」)에 불과하기 때문이다. 유교적 가부장제 사회
에서 여성의 삶은 오직 가문의 대를 잇기 위한 자식
생산과 양육에 바쳐졌다. 그 사회에서는 여성이 결
혼하여 아들을 낳지 못하면 시집에서 쫓겨나도 하
소연할 데가 없었으며, 아들을 낳아야 비로소 가족
구성원으로 인정받을 수 있었다. 그런 어머니의 사
랑은 "단순무식"해서 "횡포橫暴"로 여겨질 수도 있
다. 왜냐하면 전통적 어머니의 존재 이유는 오로지
'아들'에게만 집중되어 딸의 희생을 강요했기 때문
이다. 하지만 어머니의 자식 사랑은 어떤 보수나 대
가를 바라지 않는 순수한 사랑이며, "전쟁 나가 죽은
지도/ 길고도 짧은 육십 년"이 지났어도 "야들이 올
랑가"(「육이오, 그날」) 하고 하염없이 기다리는 절대
적 사랑이다. 그러므로 해인이 비판하는 것은 어머
니의 크나큰 사랑을 이용하는 그릇된 가부장제 사회
제도와 일부 철딱서니 없는 자식들의 불효다. 가부
장제의 그릇된 여성관과 그 제도에서 훈육당한 남성
들의 자기중심주의가 어머니를 '사랑'과 '아들'의 감
옥에 가둬놓았음을 비판하고 있는 것이다. 그런 한
편, 해인은 자신도 그런 자식 가운데 하나가 아닐까

반성한다. 열무를 다듬으며 "몸짱인 열무 한 단" 속에 "몸짱인 열무들이" 섞여 있는 것을 발견하고 부모와 스승의 가르침을 제대로 실천하지 못하는 자신이 "세상 틈새나/ 메우고 살기를 바라는" 그저 그런 자식이나 제자가 아닐까 냉철하게 되돌아본다. 이러한 성찰적 인식은 대다수 한국 여성들이 유교적 가부장제의 유습에서 자유롭지 못하다는 관찰에서 비롯된 것이다. 그는 사찰을 찾는 많은 한국여성들과의 대화를 통해 그들이 딸로 태어나 아내와 어머니의 삶을 살면서 인내했을 간고의 세월을 온몸과 마음으로 느끼고 함께 아파하고 있는 것이다.

해인은 현대 사회를 "정자와 난자, 자궁까지도 상품이 되는 야만적인 자본만능 세상"(「오! 피에타」)으로 파악하고, 남자들이 "사랑이라고 생각하는 것은/ 포장된 욕망"(「자재천마」)일 뿐이라는 인식 하에 "결혼은 미친 짓"이라고 단언한다.

　세상 모든 남자들은 너의 선악과善惡果
　너 자신이 스스로를 유배시킨다

　파뿌리 될 때까지 고작해야
　유통기한 백년인데

멀쩡한 자유인이 왜
백년이나 노예계약 하는가
_「결혼은 미친 짓이다」에서

　예부터 남녀가 부부 인연을 맺어 평생을 함께 사
는 것을 '백년해로'라 한다. 그러나 해인은 그 기간을
자본주의적 용어를 빌어 '유통기한'일 뿐이라 평가
절하하고, "멀쩡한 자유인이 왜 노예계약" 하느냐고
매섭게 따져 묻는다. 결혼이 여성에게 노예계약인
것은 가부장제 사회에서의 여성(아내)은 "오직 남편
에 의해서만/ 꿈을 이룰 수 있"(「자재천마」)도록 구
조화되어 있기 때문이다. 하지만 유목민족인 몽골인
들은 "사랑은 짐이 되니/ 아예 짐 지지 말아라"는 선
조들의 가르침에 따라 "물의 명령에 따라 사랑하고/
미련 없이 헤어"(「고비 여인」)진다. 해인은 칭기즈칸
연구로 박사학위를 받은 세계최초의 여성이다. 몽골
의 여성들이 남성과 대등하게 때로는 남성보다 더
나은 대우를 받는 것에 큰 감동을 느낀다. 그가 생각
하는 남녀평등은 "남자가 생수통을 들고 오면/ 여자
가 커피를 타주는 것"(「성 평등」)과 같은 일상생활에
서 실천할 수 있는 소박한 나눔이다. 요컨대, 평등이
란 타자에 대한 배려, 타자성의 긍정에 다름 아닌 것

이다. 하지만 해인의 의식 속에는 여성이 남성보다 열등한 존재가 아니라는 사실, 오히려 남성보다 우월하다는 자존감이 자리하고 있다.

눈멀고 귀멀고 벙어리 되어
죽어서, 비로소 다시 살아나는
모질어서 아름다운 여자들

한 사람의 인연에 지옥이 삼천 개
한을 풀고 사랑을 품어
불꽃처럼 걸어갔던 여자들

남자보다 잘났다는 사실은
쉿!
절·대·비·밀
_「천기누설」전문

옛날 여성들은 시집가는 딸에게 눈감고 3년, 귀 막고 3년, 입 막고 3년, 십년 동안 아무것도 모른 체하라고 가르쳤다. 과거 우리 어머니들은 십년 동안의 모진 시집살이를 겪은 뒤에야 집안 권속眷屬으로 인정받았던 것이다. 하지만 시집살이를 눈감고 귀 막고 벙어리처럼 지내는 것은 여성이 못나서가 아니다. 그것은 집안과 가족의 화평을 위해서 여성이 희생을 자임한 측면도 없지 않다. 그것만으로도 여성의 마음씀씀이나 행동이 남성보다 낫다고 말할 수 있다. 그러므로 "누군가의 딸로 태어나 아내로 늙고 병들어 어머니로 죽어가는" 여성의 삶의 굴레에서 벗어나기 위해서는 "자기계발의 꿈"이라 할 '개명'을 해야 한다. 그 개명은 '지혜가 열리는 개명開明'이거나 '이름을 바꾸는 개명改名' 그 어느 것도 상관없다. 중요한 것은 현재의 부자유스러운 상황이나 조건에서 벗어나 온전한 자아를 찾으려는 자기변혁의 의지와 실천이다. 해인이 출가를 결심한 것도 이러한 여성의 굴레에서 벗어나 "석가족이 되고 싶"(「입산전야」)다는 절대적 자존감을 지녔기 때문인지 모른다.

Ⅰ
억수로 운수가 사나우면
비행기 안에서도 뱀에게 물릴 수 있다던가
세상 이치 스물다섯 고개 넘어
겨우 깨닫기 시작했다

매도 먼저 맞으면

속이 다 후련하다는 것을
불혹의 나이 들어 깨달았더니

Ⅱ
환갑 한 바퀴 돌아
지난날 되돌아보니
살아온 모든 순간들이 다 행운이었다
　_「되돌아보니」 전문

　위 시는 시적 화자의 육십 평생을 세 단계로 요약
하고 있다. 시의 화자는 스물다섯에 어처구니없는
횡액을 당했던 모양인데, 그것을 비행기 안에서 뱀
에게 물리는 황당한 사례로 비유하고 있다. 그러고
도 고생은 계속되었지만 불혹의 나이가 되어 "매도
먼저 맞는 놈이 낫다."란 속담이 허언虛言이 아니란
사실을 깨닫고, 이순耳順이 되어서야 지난날의 마음
고생・육체적 고통이 오히려 나(自我)의 정립에 도움
이 되었음을 깨닫는다. 그가 젊어서 겪어야 했던 고
통이나 출가 후 수행이 얼마나 고된 것이었는지를
알 수는 없으나 "서투른 표정/ 어눌한 말씨"와 "굵어
진 손마디/ 군데군데 망가진/ 폐허가 있는 얼굴"(「폐
허의 유적을 다시 만나다」)로 표상되는 성품이나 외모

만으로도 그의 고단했던 삶과 수행과정이 충분히 짐작된다. 특별한 재주가 없어 하지 않아도 될 고생을 했을 지도 모르는 그는 그 때문에 지은 죄가 많이 있지 않으니 오히려 "천만다행" 아니냐고 반문한다. 이러한 인식이 "맨몸의 승부사"(「구름 나그네」)적인 기질로 "벽을 문인 양 밀어붙이면서/ 청춘을 다 흘려보내고" "앞만 보고 달"(「겨울 초상」)려온 올곧은 수행자의 삶에서 비롯된 것임은 두말할 필요조차 없는 일이다.

수행자로서의 해인은 "사문의 마음은 타고 남은 재가 되어야"(「얼음꽃」)한다는 생각을 갖는다. 이 구절은 "타고 남은 재가 다시 기름이 된다"(「알 수 없어요」)는 만해의 명제에 익숙한 독자로서는 다소 의아하게 생각되지만 기름이 되기 위해서는 우선 스스로를 연소燃燒하여 재(灰)가 되어야 한다. 그것은 나중에 무엇이 되려는 집착을 버리고 오직 하심으로 매 순간 용맹정진 하겠다는 가열한 다짐 외에 다른 게 아니다.

I
깨침 향해 나아가는 오솔길에
손잡아 이끌어 주시는

당신의 참사랑

땅만큼 처절할 수 있음은
하늘만큼 초연하신 그대 향한
가없는 신뢰 덕분이니

Ⅱ
귀종선사께서 백거이에게
애타는 심정으로
"자네, 겨우 흙이나 떠주는 사람아"

미움으로 아프지 않고 사랑으로 아팠던
아, 까무라친 영혼

그대 품에 안겨
눈물 그칠 수 있다면
겨우 흙이나 떠주는 사람만 되어도
저는, 행복합니다
　_「애련설愛蓮說」 전문

　이 시는 여성 특유의 온화하고 감성적인 어조로
견결한 구도심을 고백하고 있다. 이 시를 읽기 위해

서는 몇 가지 사전 지식이 필요한데, 첫째는 시 제목 「애련설」이 중국 송宋나라 주돈이周敦頤의 글에서 유래한 것이라는 점이다. 주돈이의 「애련설」은 제목 그대로 연꽃을 꽃 중의 군자〔蓮 花之君子者也〕로 칭송한 글이다. 그는 이 글에서 "연꽃이 진흙에서 나오지만 그것에 물들지 않고, 맑은 물결에 씻겼어도 요염하지 않으며, 가운데는 비었으나 외양은 곧고, 향기는 멀수록 더욱 맑으며, 우뚝하고 깨끗하게 서 있는 모습〔蓮之出淤泥而不染 濯淸漣而不夭 中通外直 香遠益淸 亭亭淨植〕"을 국화·모란과 비교하여 그 맑고 깨끗함을 고평하고 있다. 실제로 연꽃은 연못이나 습지의 진흙 속에서 피어나는데, 수면 위의 희고 붉은 연꽃은 보는 이의 마음을 차분하고 깨끗하게 정화시켜 준다. 그러나 사람들은 연못 속의 진흙바닥 속에서 연자(蓮子: 연밥)가 발아發芽하여 수면으로 솟구쳐 개화하기까지의 시련과 고통, 인내의 과정에 대해서는 알지 못한다. 그런 점에서 이 시는 수행자로서의 시적 화자가 진흙을 뚫고 수면 위로 솟구쳐 꽃을 피우는 연꽃처럼 어떤 고행도 이겨내겠다는 자신과의 약속으로 보아도 무방하다. 이러한 그의 각오는 "모기가 무쇠 솥을 뚫고 죽은 땅에/ 잔혹하게 아름다운 모란꽃 노을이 다시 피고진다"(「다시 모란이 피기까지는」)는 구절을 통해서도 이미 토로된 바 있다.

이와 함께 이 시에서 귀종선사와 백거이가 주고받은 대화에 주목할 필요가 있다. 귀종歸宗은 마조馬祖의 법을 이은 선지식으로 강주 여산에 주석했다. 그곳 자사刺史로 부임한 백거이[白舍人]가 인사하러 들르자 벽에 흙을 바르고 있던 귀종이 "군자의 선비인가? 소인의 선비인가?" 하고 물었다. 백거이가 "군자의 선비입니다."라고 답하자 귀종이 흙판을 두드렸고, 이를 본 백거이가 진흙을 떠주었다. 이때 귀종이 "자네, 흙이나 떠주는 사람이군."이라 말했다는 것이다. 그런데 이 일화의 주인공이 귀종이 아니라 도림道林이란 설도 만만치 않다. 내용은 비슷한데, 도림이 "흙이나 떠주는 사람이군."이라 말하자 백거이가 "과찬의 말씀입니다."라고 대답했다는 후반부에서 약간의 차이가 보인다. 도림은 늘 나뭇가지에 올라 참선을 해 조과鳥窠화상으로도 불린다. 그는 백거이가 "도가 무엇입니까?"라고 묻자 "모든 악을 짓지 않고 착한 일을 받들어 행하는 것[諸惡莫作 衆善奉行]"이라 대답하고, 백거이가 "그것은 세 살 먹은 아이도 할 수 있는 일 아니냐?"고 반문하자 "세 살 먹은 아이도 할 수 있지만 여든 먹은 노인도 하기 어려운 일"이라고 답한 것으로 널리 알려졌다. 여기서 백거이에게 "진흙이나 떠주는 사람"이라고 말한 이가 귀종인지 도림인지는 중요하지 않다. 다만 자사라는 높은 벼슬아치가 스님을 찾아가 인사하고, 더럽다고 여길 수도 있는 진흙을 직접 스님에게 준 그 행위의 속뜻을 살펴야 한다. 그것은 스스로를 철저히 낮춘 하심下心의 소유자가 아니면 실천하기 어려운 일이기 때문이다. 이를 알아 본 스님이 "자네, 흙이나 떠주는 사람"이라고 다시 한 번 시험하자 백거이는 그 속뜻을 알아채고 "과찬의 말씀"이라며 겸하한 것이다. 주돈이와 귀종선사의 글과 에피소드를 배경으로 하고 있는 이 시는 진흙을 뚫고 연꽃이 솟아나기 위해서는 가열한 고행과 함께 한없이 자신을 낮추는 하심이 필요함을 역설하고 있다. 하심의 태도와 용맹정진의 실천, 이야말로 구도자 해인의 일상적 삶과 수행의 전부인지 모른다.

해인은 세끼 공양도 참선하듯 정갈한 마음과 태도로 받아들인다. 그는 끼니때마다 "먹고 싶은 것들의 기나긴 목록"에 매번 갈등을 느끼지만 그 식탐食貪의 "욕망의 융단폭격"(「공양」)에 몸과 마음이 함께 무너질 것을 잘 알기 때문에 "나 홀로 공양" 하며 욕망을 다스린다. 그런 한편 "인간 못된 놈이 중"이라는 세속의 그릇된 편견과 폭언에 맞서 잠시도 자아성찰과 수련에 게으름을 피우지 않는다. 그가 "저울에 몸무게를 달아" 보거나 "자로 키를 재어"(「인간 못된 놈이 중이라고?」) 보는 것은 신체적 변화를 측정하자는 게 아니라 식탐 등으로 "몸뚱이가 무너"(「공양」)지는 것을 경계하려는 자기단속의 방편일 뿐이다. 그처럼 엄격히 자신을 다스리는 수행자에게 가장 필요한 존재는 "영혼의 옷"(「도반은 영혼의 옷이다」)이라 할 도반道伴과 수행자의 영혼을 "수십만 볼트 충전"(「애련의 경전」) 시켜줄 경전 외에 달리 없다. 다시 말해 그는 오직 자신이 의지할 수 있는 스승과 도반, 그리고 경전만을 신뢰하며 "왕사성 가는 길"(「빨간 구두를 찾아서」)을 뚜벅뚜벅 걷고 있는 것이다. 그는 "석가족이 되고 싶"어 출가를 단행했으나, 세속의 "일천 가지 옷 다 버리고/ 마지막 옷 한 벌이// 천금으로 무겁다"(「차 한 모금의 명상」)는 사실을 누구보다 통감하고 있다. 그는 딸로 태어나 아내로 살다가 어머니로 죽어가는 여성들의 일반적 삶의 방식을 거부하고 "부처로 태어나지만/ 마침내 부처를 죽여야 산다"(「여자를 위한 랩소디」)는 결연한 의지로 "천년의 관습에 질문을 던지고/ 천년의 확신을 깨뜨"(「슬픈 틈새」)리려 정좌하고 앉는다. 때로는 "졸며 앓으며/ 좌복 위에"(「섬」) 앉아 수행한 결과는 크게 내세

울 것 없으나 남부끄럽지 않은 경계는 만든 것 같아
다음과 같은 고백을 한다.

　어떤 이는 죽 쑤어서 개 준다지만
　그래도 죽 쑤어서 내가 먹는 일
　무량한 기도 덕분이리니
　_「섬」에서

　오랜 세월 수행을 고작 죽 쑤는 일에 견주는 것은,
근기가 모자라고 수행이 부족한 자신에 대한 안타
까움의 발로라기보다 출가자로서의 삶이 결코 무의
미한 나날이 아니었음에 대한 긍정이라 보아야 할
것이다. 그는 먼 이국에서 박사학위를 받아올 정도
로 학구열이 강하며, 선방에 들어서는 "수천 개의 화
살 꽂힌/ 상처 입은 짐승으로// 겨울 내내 웅크리
고"(「겨울 초상」) 있을 정도로 근기가 굳고 강하다.
그러면서도 자신의 성취에 만족하지 못해 끌탕을 할
때면 주변사람들은 이렇게 위로하는 모양이다.

　시님이 무신 죄가 있겠노
　그릇이 커서 그라제

예부터 모든 그릇은

제 그릇의 길로 갑니다

_「죄罪」 전문

　출가자에게 죄가 있다면, 그것은 오직 상구보리
하화중생의 서원이 누구보다 강렬하고 크다는 점
일 터이다. 자신만의 깨달음을 추구하는 것이 아니
라 뭇 중생의 구제를 위해 자발적으로 속세와 단절
한 채 살아가는 그들이야말로 가장 욕심이 많은 자
라 할 수 있다. 하지만 욕망을 끊고자 선정禪定에만
매달리는 것은 "생각의 감옥에 갇히는" 어리석은 행
위가 될 수 있다. 참된 깨달음에 이르기 위해서는 왕
좌王座를 버리고 출가한 싯다르타 태자처럼 "석가모
니 성城을 넘어야/ 찬란한 지옥에서 벗어나/ 자유를
누릴 수 있는"(「유성출가상」) 것이다. 그러기 위해서
는 누구의 도움도 없이 오직 "자신의 힘으로 허물을
벗"(「허물」)어야 한다. 매미가 부러운 것은 자력自力
으로 허물을 벗고 푸른 하늘을 날기 때문이다.

　『시님이 무신 죄가 있겠노』는 고독한 수행자로 살
아온 해인이 대중에게 처음으로 털어놓는 정직한 자
기고백서이자 수행록이라 할 수 있다. 이 시집에 실
린 작품들은 해인의 입산入山부터 몽골 유학, 그리고

최근의 토굴생활까지의 삶과 수행의 이력을 선혈처럼 붉고 진하게 각인한 것들이다. 그의 대부분의 시가 수행과 관련한 깨달음의 내용으로 일관한 것도 그런 사정과 관련된다. 하지만 그는 때로 일상적 언어를 적절히 차용함으로써 "생각의 감옥"에만 갇혀 있지 않다는 사실을 은연중에 드러내 보여준다. 이를테면 "견적이 안 나온다", "에로틱한 언어" "천 번의 키스", "죽 쑤어 개 준다", "울면서 쫄면서 먹는/ 오싹 냉면 한 그릇", "결혼은 미친 짓이다", "김밥 천국"…… 같은 구절들은 그가 중생들의 삶의 현실에 얼마나 큰 관심을 가지고 있는가를 알려주는 사례이다. 이러한 사례들은 그럴 듯한 선적禪的 용어나 상투적 표현을 나열하여 자신의 성취를 과장하는 일부 선취시禪趣詩와 뚜렷이 구별된다. 그것은 해인의 시가 우리 시단의 시적 문법이나 관습에 얽매이지 않고 있다는 사실을 뜻한다. 그 때문에 그의 시가 세련되어 보이지 않는 점도 있지만, 그 또한 그의 시의 정직성을 강화하는 힘이라 할 수 있다. 이를테면 그는 거리의 흔한 김밥집 간판을 보고도 화두를 이끌어낸다. "절벽 위의 자투리 땅 한 뼘/ 거기 빛나는 천국의 길이 있다"는 구절은 '백척간두 갱일진보百尺竿頭 更一進步'를 풀어쓴 것에 지나지 않는데, 사족 같아

보이는 다음 구절에서 이 시의 내용이 보다 명확해진다. "배곯아 본 사람은 안다/ 김밥 한 줄/ 그것이 천국의 길이 된다는 것을"(「김밥 천국」)은 왜 김밥집 간판이 '김밥 천국'인가를 명료하게 설명해준다. 그것은 가난하고 배고픈 이들에게 김밥 한 줄이 커다란 위안이듯 자신을 극한 상황에까지 몰아치는 수행 끝에야 비로소 무언가를 얻을 수 있다는 깨달음의 표현이다. 그의 시에 여성의 고단한 삶에 관한 내용이 많은 것도 대다수 한국여성들에 대한 연민과 자비의 발현이라 할 수 있다.

모든 욕망과 단절한 수행자가 굳이 시집을 묶어내는 것은, 무엇을 얻고자 함이 아니라 이제까지 자신도 모르게 쌓았을 또 하나의 욕망을 비우려는 행위다. 그 동안의 수행을 통해 "짐의 무게만큼 튼튼해진 다리"(「다시 모란이 피기까지는」)를 얻은 그는 "생각의 감옥"과 "석가모니 성城"을 벗어나 "왕사성 가는 길"을 "무소의 뿔처럼 홀로" 걸으며 간혹 "다목다목 새싹을 틔"운 "연둣빛 말씀"이나 "화탕지옥과 한랭지옥을/ 오가며 피워내는 별꽃"을 "고립무원 일기장"에 기록해 나갈 것이다. 그 파릇하고 투명한 생명의 언어가 얼음꽃을 피울 때까지 그의 수행 또한 멈춤이 없을 터이다.

석해인釋海印

대구 출생. 출가 이후에도 학업에 지속적인 관심을 기울여 철학박사 및 명예박사(문학·역사) 학위를 받았다. 『시와 시학』으로 등단하였으며, 대한철학회, 시인협회, 작가회의 회원, 현대불교문인협회 자문위원으로 활동하고 있다.

여성문제에 많은 관심을 가지고 있으며 사회활동에도 적극적으로 참여하여 지방분권운동 대구경북본부 고문, 대구여성회 회원, 자카르타 한인니문화연구원 상임이사 등의 활동을 하고 있다.

저서로 『몽골의 페미니스트 왕비들』이 있다.

시님이 무신 죄가 있겠노

초판 1쇄 인쇄 2015년 6월 10일 | **초판 1쇄 발행** 2015년 6월 16일
지은이 해인 | **펴낸이** 김시열

펴낸곳 도서출판 운주사

(136-034) 서울 성북구 동소문로 67-1 성심빌딩 3층

전화 (02) 926-8361 | 팩스 0505-115-8361

ISBN 978-89-5746-427-4 03810   값 9,000원

http://cafe.daum.net/unjubooks 〈다음카페: 도서출판 운주사〉